EL PEZ ARCO IRIS

TEXTO E ILUSTRACIONES DE

MARCUS PFISTER

EDICIONES NORTE-SUR
NEW YORK

Lejos, muy lejos, en el profundo mar azul, vivía un pez.

Pero no era un pez cualquiera. No. Era el pez más hermoso de todo el océano. Su traje de escamas relucía con todos los colores del arco iris.

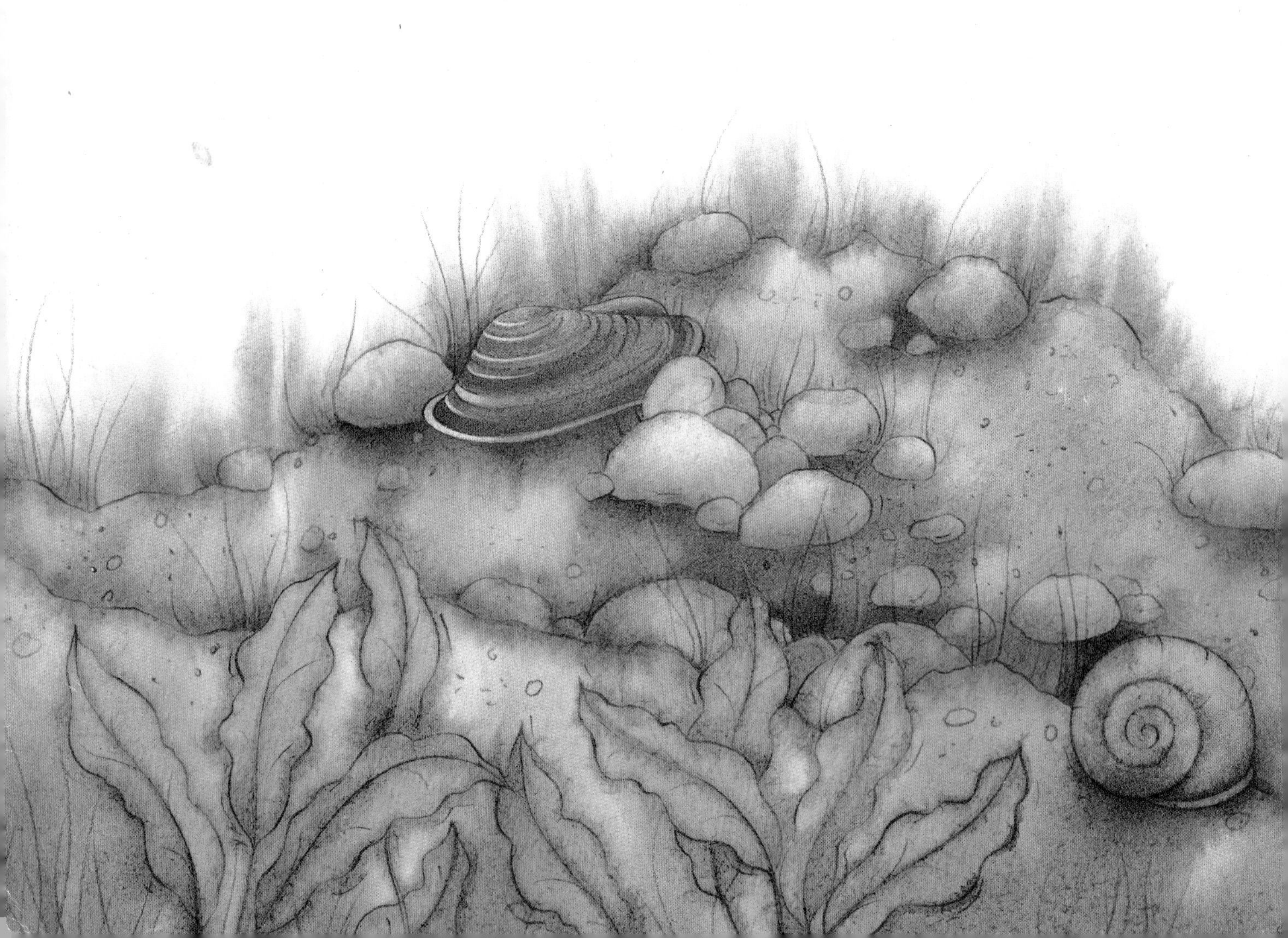

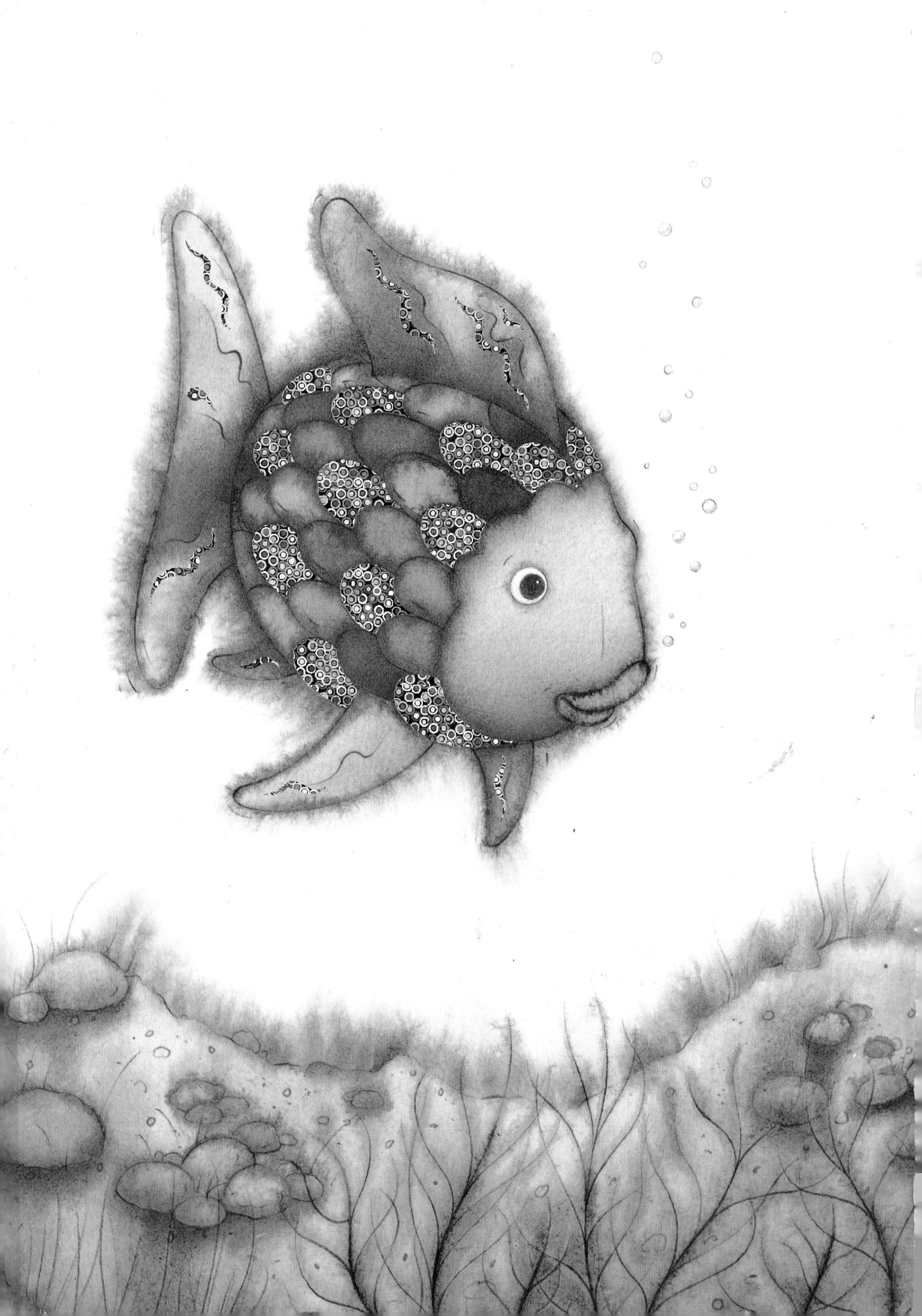

Los otros peces admiraban sus escamas irisadas. Lo llamaban "pez arco iris".

—¡Ven, pez arco iris! ¡Ven a jugar con nosotros!

Pero el pez arco iris se deslizaba entre ellos, callado y orgulloso, pasando de largo, haciendo brillar sus escamas.

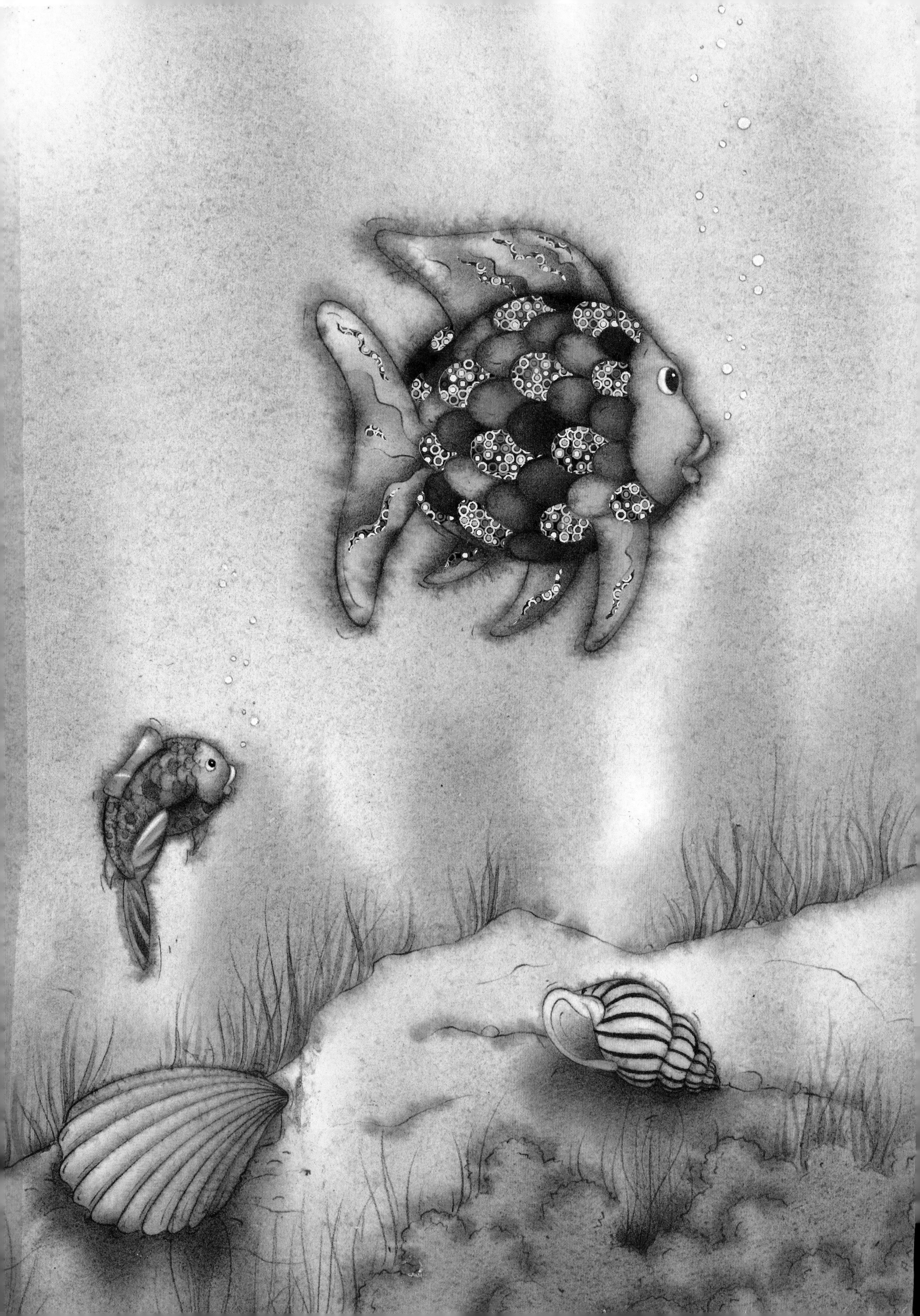

Un pececito azul lo siguió, nadando detrás de él.

–¡Pez arco iris! ¡Pez arco iris, espérame! ¿Por qué no me das una de tus brillantes escamas? ¡Son preciosas! ¡Y tú tienes tantas!

–¿Pretendes que te regale una de mis escamas? ¿A ti? ¡Quién te has creído! –le gritó el pez arco iris–. ¡Lárgate de aquí!

Asustado, el pececito azul se marchó nadando. Muy agitado, le contó a sus amigos lo que había pasado.

A partir de entonces, ninguno de ellos quiso volver a relacionarse con el pez arco iris. Se alejaban en cuanto pasaba nadando cerca de ellos.

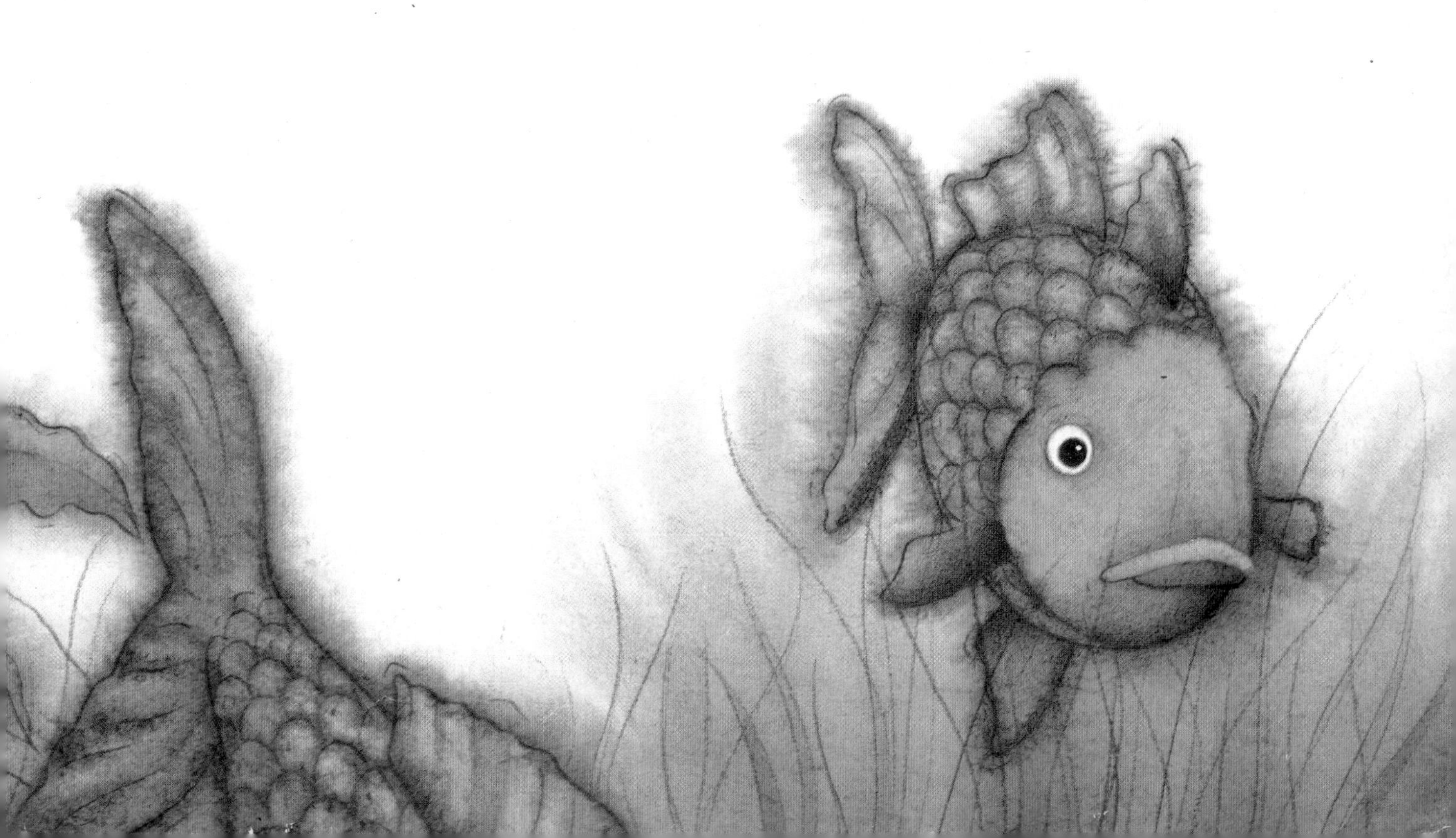

¿De qué le servían ahora al pez arco iris sus maravillosas escamas resplandecientes, si ya no provocaban la admiración de nadie? ¡Se había convertido en el pez más solitario de todo el océano!

Un día le contó sus penas a la estrella de mar.
–¿Por qué nadie me quiere? ¡Con lo bonito que soy!
–En una cueva que hay detrás del arrecife de coral vive Octopus, un pulpo muy sabio. Quizás él pueda ayudarte –le aconsejó la estrella de mar.

El pez arco iris encontró la cueva.

¡Qué oscuridad! No podía ver casi nada. Pero de pronto aparecieron dos ojos relucientes que lo miraban.

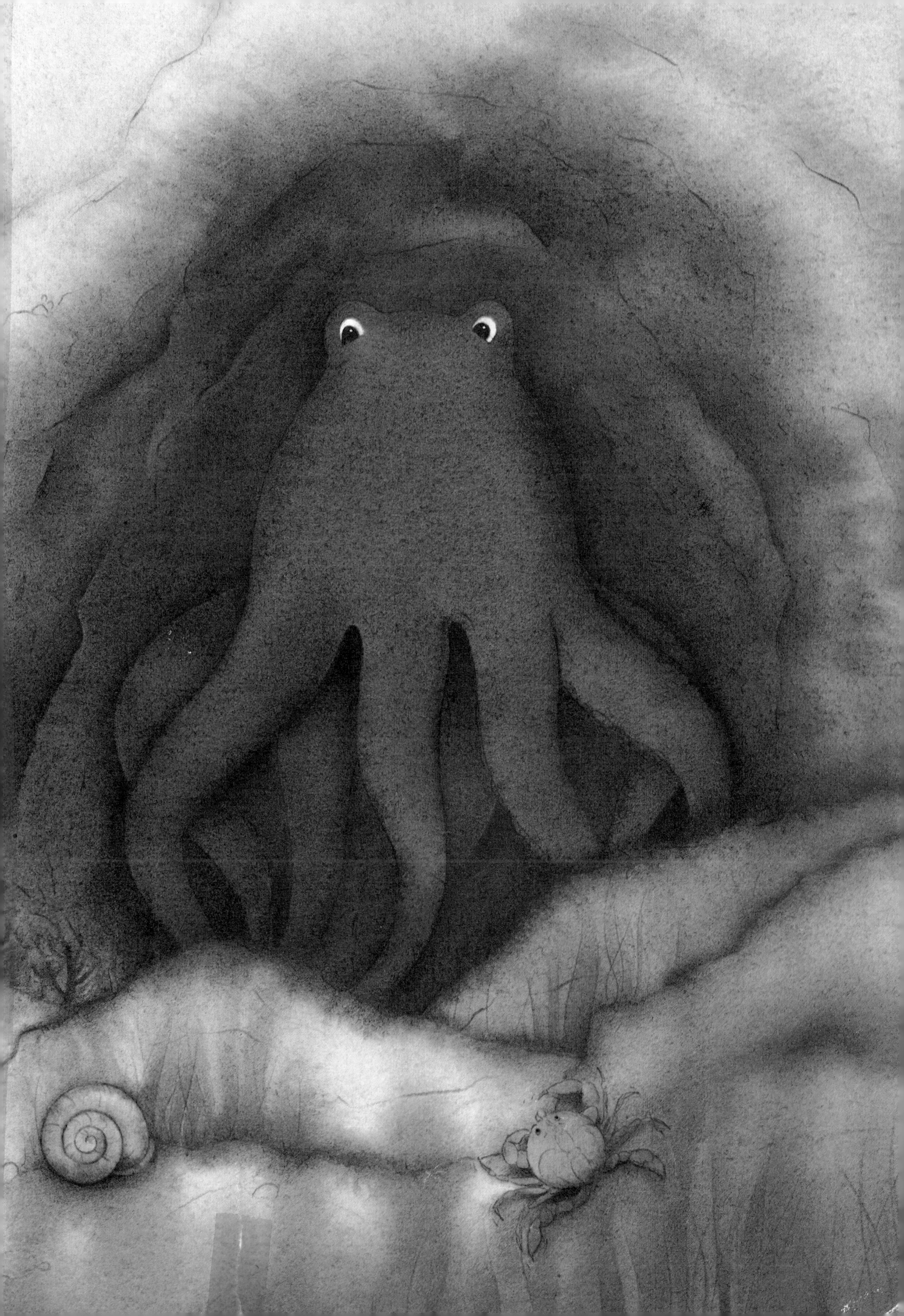

–Te estaba esperando –le dijo Octopus con voz profunda–. Las olas me han contado tu historia. Escucha mi consejo: regala a cada pez una de tus resplandecientes escamas. Claro que entonces dejarás de ser el pez más hermoso del océano, pero volverás a ser feliz.

–Pero... –el pez arco iris quiso añadir algo, pero Octopus ya había desaparecido.

"¿Regalar mis escamas? ¿Mis hermosas escamas brillantes?" pensó horrorizado el pez arco iris. "¡No! ¡Nunca! ¿Cómo podría ser feliz sin ellas?"

De pronto sintió un ligero movimiento de aletas a su lado. ¡Allí estaba de nuevo el pececito azul!

–Pez arco iris, no seas malo. Anda, regálame una de tus relucientes escamas, una pequeña.

El pez arco iris dudó. "Si le doy una escama pequeña, una muy pequeña" pensó, "ni siquiera notaré que ya no la tengo".

Con mucho cuidado, el pez arco iris arrancó de su traje la más pequeña de sus relucientes escamas.

–¡Toma, te la regalo! Pero ahora déjame en paz de una vez.

–¡Muchísimas gracias! –burbujeó el pececito azul, loco de contento–. ¡Eres muy bueno, pez arco iris!

El pez arco iris tuvo una extraña sensación. Se quedó mirando durante mucho rato al pececito azul, que se había puesto su escama brillante y se alejaba zigzagueando, feliz, por el agua.

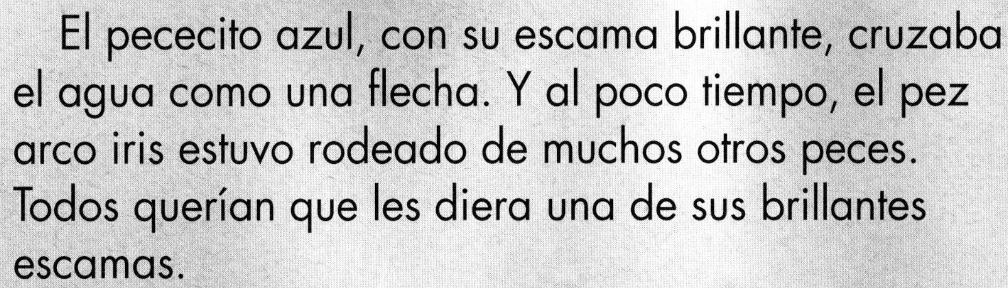

El pececito azul, con su escama brillante, cruzaba el agua como una flecha. Y al poco tiempo, el pez arco iris estuvo rodeado de muchos otros peces. Todos querían que les diera una de sus brillantes escamas.

El pez arco iris empezó a repartir sus escamas a derecha e izquierda. Y mientras lo hacía, se sentía cada vez más contento. Cuanto más resplandecía el agua a su alrededor, mejor se sentía entre los demás peces.

Al final, el pez arco iris se quedó con una sola escama brillante. ¡Había regalado todas las demás! ¡Y se sentía feliz, más feliz que nunca!

–¡Ven, pez arco iris! ¡Ven a jugar con nosotros! –le llamaban todos los peces.

–¡Voy enseguida! –contestó el pez arco iris, y lleno de alegría, se fue con sus nuevos amigos.